Gwen

HÉLÈNE R



# LES CHOSES D'EN-HAUT

roman

*Préface de Gérard Ferreyrolles*

SALVATOR
103, rue Notre-Dame-des-Champs
F-75006 Paris

**Yves Briend Éditeur, S.A.**
103, rue Notre-Dame-des-Champs F-75006 Paris
www.editions-salvator.com
contact@editions-salvator.com

Maquette intérieure : Atlant'Communication
Maquette de couverture : Lys Design

Iconographie de couverture :
Les Religieuses de l'abbaye de Port-Royal-des-Champs faisant la conférence dans « la solitude » d'après Louise-Magdeleine Horthemels (1686-1767)
Localisation : Magny-les-Hameaux, musée de Port-Royal des Champs
Photo © RMN-Grand Palais (musée de Port-Royal des Champs) / Gérard Blot

ISBN : 978-2-7067-1213-5

# LES CHOSES D'EN-HAUT

À Roland Carpentier

*in memoriam*

# Préface

Fénelon décrit son *Télémaque* comme « une narration fabuleuse en forme de poème héroïque ». Cette définition convient en tous points aux *Choses d'en-haut* : l'histoire narrée y est une histoire rêvée – celle de la résurrection de Port-Royal –, elle prend comme le *Télémaque* la forme d'un poème en prose et ce poème est bien celui d'une geste héroïque, c'est-à-dire une épopée. Comme dans le *Télémaque* encore, les temps se superposent : à travers la mythologie païenne se lisaient les figures à venir de la vérité chrétienne, ici le présent de l'action est palimpseste du passé prestigieux et tragique de l'abbaye fracassée. Avec une science aussi sûre que discrète, Hélène Raveau dispose en miroir les religieuses du temps de Louis XIV et les « héroïnes » nos contemporaines en butte à l'hostilité des pouvoirs mais résistant sans faiblir. Et comme les temps se mêlent, les formes littéraires s'entrelacent, la narration avec le dialogue, la description – sous les espèces parfois de l'*ekphrasis* –, la prière, dans une fragmentation dont les éclats ne cessent de se réfléchir. En fil rouge, la vocation d'une femme que nous entrevoyons par fulgurances dans les effrois sacrés de l'enfance et la découverte adolescente du *Mémorial* de Pascal et de la *Relation de captivité* de la mère Angélique de Saint-Jean, depuis l'éblouissement devant le site déserté et pourtant habité du monastère des Champs jusqu'à l'entreprise folle de le relever par la prière quotidienne et publique de douze femmes encore jeunes au creux du vallon, qui finiront par vaincre la ligue des puissances mondaines et rétablir l'adoration perpétuelle dans une maison spirituellement et matériellement refondée.

Cette refondation suppose une double rupture. La première et la plus évidente, avec l'oubli. Louis XIV, par la brutalité, avait voulu éradiquer Port-Royal des mémoires comme du profond de la terre et une violence insidieuse travaille à effacer depuis au moins une génération dans notre pays la mémoire du christianisme lui-même et tarir par là la source de la prière. Mais abolir l'abolition de la mémoire ne suffit pas si l'on ressuscite une mémoire morte, qui se complaît dans les ruines et le culte d'une poussière sans semence. Mémoire morte aussi, celle qui rêve d'un passé reconstruit à l'identique. L'œuvre ici évoquée n'a rien d'archéologique, elle récuse « l'horreur du musée », cette seconde mort du passé, pour se laisser ressaisir par le souffle qui l'avait animé, cet autre nom de la grâce dont on sait avec Pascal qu'elle ne subsiste pas toujours la même mais se renouvelle continuellement comme « le Père produit continuellement le Fils et maintient l'éternité de son essence par une effusion de sa substance qui est sans interruption aussi bien que sans fin ». Par là s'éclaire le mot précieux de *mémorial*, qui court à travers tout le poème. Le mémorial ne fait pas seulement mémoire, il actualise ce dont il fait mémoire : l'aspiration et la disponibilité à la grâce dans le parchemin que Pascal cousait dans ses vêtements successifs, la présence réelle du Christ dans le sacrifice de la messe. Rétablir à Port-Royal l'adoration et la communion eucharistiques, c'est faire de Port-Royal lui-même un mémorial ou, par une équivalence à plusieurs reprises suggérée, un reliquaire. Pascal toujours permet le lien : « nous savons », écrit-il à l'occasion du décès de son père, « que les corps des saints sont habités par le Saint-Esprit jusqu'à la résurrection, qui se fera par la vertu de cet Esprit qui réside en eux pour cet effet ». Port-Royal est reliquaire d'abord par les restes chus des religieuses exhumées et le devient encore par la réception du corps du Christ ressuscité dans le corps des religieuses nouvelles qui à leur tour ensemenceront la terre de leurs membres consacrés : « Enchâssons, dit-elle, enchâssons ces reliques dans nos cœurs ; devenons reliquaires nous-mêmes. Le corps précieux enfermé dans l'Eucharistie, rendons-nous nous-mêmes des eucharisties pour le porter dans nos cœurs. »

Parler d'épopée, n'est-ce pas alors profanation ? Ce serait oublier qu'il existe, même si elles n'ont guère survécu dans le patrimoine littéraire, des épopées chrétiennes. Mais dans le paganisme déjà, le poème héroïque faisait communiquer le monde des humains et le monde des dieux : médiateurs inlassables, les anges dans *Les Choses d'en-haut* portent au ciel les oraisons et l'ingratitude des hommes et versent en retour sur la terre la grâce et la miséricorde, leur mission couronnée par la liturgie cosmique d'un *Salve Regina* glorieux où s'unissent cité de la terre et cité céleste. Les épopées canoniques mettent en scène un héros fondateur qui donne le plus souvent son titre à l'œuvre : l'originalité ici est que ce héros est une femme et que cette femme n'a pas de nom. Elle n'a même de voix que pour s'opposer aux esclaves du siècle ou livrer, à l'exemple de la mère Angélique, quelques bribes testamentaires du récit de sa vie, mais cette voix se fond dans le chant des Complies et s'efface ultimement dans le texte admirable des anonymes *Constitutions du monastère de Port-Royal*, qui bannissaient singulièrement l'esprit de singularité. Un héroïsme collectif ne nuit pas à l'intégrité du genre et le souffle épique d'un Saint-John Perse traverse bien notre poème : « Ah ! qu'une élite aussi se lève, de très grands arbres sur la terre, comme tribu de grandes âmes et qui nous tiennent en leur conseil [...]. L'offrande, ô nuit, où la porter ? et la louange, la fier ?... Nous élevons à bout de bras, sur le plat de nos mains, comme couvée d'ailes naissantes, ce cœur enténébré de l'homme où fut l'avide, et fut l'ardent, et tant d'amour irrévélé... » Mais les ténèbres ici s'éclairent et l'amour se révèle. C'est au modèle scripturaire qu'il nous faut remonter, comme y invite le titre paulinien – *quae sursum sunt sapite* –, et à la parole prophétique : « Tu rebâtiras les ruines antiques, tu relèveras les fondations des âges passés ; on t'appellera Réparateur de brèches, Restaurateur de demeures en ruines. »

Cette restauration est d'autant plus saisissante qu'elle s'accomplit dans une atmosphère de fin du monde. Entre pluies diluviennes et canicules accablantes, Port-Royal est éclaircie au milieu des ténèbres, fenêtre ouverte sur la rosée du ciel.

Abrite-t-il le « petit reste d'Israël » ? Il est au moins défi lancé au siècle, surrection de la foi mais aussi de l'honneur face à la lâcheté qui nous gouverne et endort. Et c'est cette même lâcheté, par un calcul de prudence humaine lovée sans le savoir au sein de la providence, qui après un recours panique à la violence compose avec la douceur obstinée pour finalement consentir : aussi bien les douze orantes avaient attiré à la vasque de Port-Royal un peuple assoiffé de grâce – le peuple. Les âmes d'élite qui forment ce nouveau cénacle apostolique ne se rassemblent pas pour s'emmurer orgueilleusement dans une perfection supposée mais pour témoigner et rayonner auprès de foules accourues peu à peu de toute la terre. Dans l'entre-deux de l'amnésie et de la reviviscence, notre temps, notre actualité même, sont reconnaissables en ces pages à tels traits – une pièce blasphématoire au Théâtre de la Ville ou la réhabilitation du collège des Bernardins –, à tels événements – la répression policière contre un rassemblement pacifique et la persévérance des veilleurs – et suprêmement à cette interrogation reprise de Jean-Paul II : « France, qu'as-tu fait des promesses de ton baptême ? » *Les Choses d'en-haut* sont une réponse à cette mise en question comprise comme un appel, une réponse toute de pureté et de fermeté non seulement dans son intention mais dans son écriture, aussi éloignée de l'esthétisme qu'aimantée par l'élévation bérullienne ou bossuétienne, que troue par intervalle la familiarité, voire la vulgarité, du langage privé des politiques d'où ressort par contraste le sublime de la simplicité comme la lâcheté de Thersite relève la noblesse d'Achille.

Port-Royal a connu de nos jours un roman digne de lui, *La Blessure et la soif* de Laurence Plazenet ; avec *Les Choses d'en-haut*, il reçoit également son poème. L'histoire de l'abbaye s'est écrite en lignes de feu et en lignes de sang : elle se poursuit chez Hélène Raveau en lignes de lumière. Sans un regard pour le fantôme du jansénisme, sa fiction d'un Port-Royal approuvé de Rome est infiniment plus vraie que les discours déversés depuis des siècles par l'ignorance et la calomnie sur le monastère martyr : au lieu d'un jansénisme moralisateur, un Port-Royal de la louange ; au lieu d'un jansénisme au Dieu justicier, un Port-Royal de la miséricorde ; au lieu d'une hérésie imaginaire, un Port-Royal rendu à l'authenticité de son nom : *Port-Royal du Saint-Sacrement*.

Gérard Ferreyrolles

# Avant-propos

Né d'une rêverie et rêverie lui-même, ce petit ouvrage est de source naïve. Longtemps, *Port-Royal des Champs* a résonné en moi comme une formule magique, une transparente concrétion lexicale que l'imagination agite et retourne pour voir glisser des nuages sur un port en pleine campagne. S'y mélangeaient des mirages de hauts fonds, d'océan brusquement vidé, de vestiges de navire en haut d'une montagne, et sur tout cela flottant, la grande bannière de la Royauté : *Port-Royal des Champs.* De ce temps géologique, nul n'a mieux parlé que Sainte-Beuve : « Par l'effet ordinaire du temps, dit-il, le pavé de l'église se trouvait, au XVIe siècle, inférieur au niveau du terrain d'alentour, au point qu'il fallait descendre neuf ou dix marches en entrant [...]. Ces neuf ou dix marches d'ensevelissement donnent à penser ».

Monastère de cisterciennes fondé en 1204 dans le creux d'un vallon de la vallée de Chevreuse, Port-Royal est, selon les premières chartes, *sis en Porrois*, c'est-à-dire en terrain putride et marécageux. À peine douze ans plus tard, dans un soubresaut d'arrachement à la pourriture, *Porrois* devient *Port-Roi* : par la volonté de Mathilde de Garlande, épouse de Matthieu de Montmorency parti pour la quatrième croisade, Port-Royal s'ancre au milieu des Champs, dans l'espoir et la prière que revienne à bon port l'époux. Port-Royal est né de ce lien d'outremer.

Un demi-millénaire plus tard, après qu'un roi aura fait détruire jusqu'à ses fondations, il n'en restera que des images. La brutalité dont fit preuve Louis XIV ordonnant qu'on arrachât du cimetière du cloître les restes humains qui y dormaient depuis des siècles, son acharnement à ne laisser rien dans ces lieux qui pût fixer les mémoires, rien qui pût attirer, eut un effet tout inverse. Si Port-Royal des Champs n'avait été si violemment anéanti, le néant où l'on prétendait le réduire n'eût sans doute pas servi, jusqu'en ces premières décennies du troisième millénaire où nous vivons, de si puissant révélateur.

Dans le réel cependant, le monastère eut sa floraison. Elle fut inouïe.

On sait comment, de 1609 à 1615, la petite douzaine de moniales qui vivait aux Champs fut ramenée à l'observance stricte de la Règle de Saint Benoît par la Mère Angélique et comment, loin de décourager les vocations, cette exigence les multiplia. On sait comment l'insalubrité des lieux détermina, en 1625, le départ de la communauté à Paris et la création, dans le Faubourg Saint-Jacques, d'un autre monastère. Pendant ces années-là, venus se retirer du monde dans ce vallon déserté, ceux qu'on appellera les Messieurs de Port-Royal assainissent le terrain, drainent les marécages, lancent une volée de cent marches entre les bâtiments de la ferme et l'abbaye, enfin, après le retour d'une partie des religieuses parisiennes, s'installent aux Granges. C'est alors que la communauté, entre 1648 et 1665, pense, écrit et édite ses Constitutions.

D'une clarté, d'une netteté, d'une densité, d'une rigueur sans appel, la première phrase de ce texte fascinant brille du même éclat que le fameux « Dieu seul est grand » sur lequel Massillon ouvrit son oraison funèbre du Roi-Soleil : « Dieu, qui par un conseil secret de sagesse éternelle conduit les âmes qui le servent sans leur montrer les fins où il tend, a fait naître en quelques-unes, il y a plusieurs années, le désir de le voir honorer dans l'Église par un ordre de religion portant le titre du Saint-Sacrement, et particulièrement destiné à la vénération de cet auguste mystère. » Quelque chose d'immémorial se ressent dans cette adoration perpétuelle qui consistait à ce que jamais l'hostie consacrée ne reste seule, mais que, se relayant nuit et jour, les religieuses lui rendent un culte spécial. Les Vestales entretenaient la flamme sacrée. Il y a de cela dans cette veillée autour du feu couvant du tabernacle, qu'elles appelaient assistance, et qui donna à leur ordre son nom : Port-Royal du Saint-Sacrement.

Ce n'étaient pas des révolutionnaires, elles ne voulaient pas changer le monde. Elles désiraient seulement vivre pour Dieu. Ce droit imprescriptible de ne se donner qu'à Dieu, de ne se tourner que vers Dieu, fut insupportable à une société qui ne tournait ses yeux que vers le Prince.

Non loin de Versailles existe un autre lieu vers lequel se détournent les profils de quelques Grands. Non loin du jardin de Versailles, un vallon sauvage exerce une puissance d'attraction qui distrait de la distraction. Si près de Versailles qu'un oiseau ne sentirait pas le voyage, des chants s'élèvent vers le seul Roi. Au sein même de Versailles, dans le clivage des cœurs, Port-Royal résista.

Imaginant sa reconstruction, j'ai voulu dire que ce lieu a fait souche dans nos mémoires, et que les choses d'en-haut, patiemment, nous attendent.

Hélène Raveau

# I

On n'entrait pas: on descendait dans l'église. Neuf ou dix marches.

Aux cent marches par lesquelles les Messieurs descendaient des Granges s'ajoutaient, jusqu'en 1652 où l'on décida de rehausser le plancher, les neuf ou dix qui faisaient de l'entrée dans l'église une descente au caveau. Siècle après siècle, il avait fallu rattraper le sol. On releva l'ensemble de deux hauteurs d'hommes agenouillés. Le carrelage et les murs suintants disparurent aux yeux et avec eux, l'évidence de quatre siècles d'engloutissement.

Toutes les proportions furent dénaturées, mais prier à sec apparut d'un grand confort.

*

Certaines plantes aquatiques s'enfoncent dans l'eau après la floraison.

*

À peine un demi-siècle après son achèvement, le Collège des Bernardins, sous menace d'effondrement, voit son cellier comblé de sable jusqu'à hauteur de chapiteaux. Ils marchaient la tête dans les voûtes.

On parle de reconstruire les Tuileries.

*

Elle lit dans sa chambre d'été. À seize ans, le soleil est très clair.

*De ce jour, j'eus l'image en moi si claire, si distincte et si simple de ce que je voulais, que rien au monde ne devait plus m'en détourner.*

*

Ce que vous demandez, Madame, est impossible. Personne ne vous suivra dans cette folie.

Ce que je demande se fera, Monseigneur. Nous avons déjà frappé à beaucoup de portes. Mesurez ce qu'il en coûtera de s'être dérobé.

Il y a des cœurs insubmersibles. Toutes les grandes entreprises naissent de ces cœurs-là. Certains mots heurtent à nos cœurs. Celui qui heurta le sien se trouvait logé dans un très ancien manuel scolaire du milieu du XXe siècle, dans la légende située au-dessous d'une reproduction photographique de lignes illisibles : *Le Mémorial trouvé dans la doublure du vêtement de Pascal après sa mort.*

Ce mot - *Mémorial* - venait de trouver le cœur où heurter.

*

La destruction prit trois années. On ne laissa pas une pierre. Du chantier au charnier, la cruauté sans failles de Louis s'inscrivit en lignes de sang.

Rien ne ressemble plus à un château en ruines qu'un château en construction. On entre par des embrasures dans des pièces pleines d'éboulis, des pièces à ciel ouvert. Les tours n'ont pas de toitures. On marche à côté des cintres.

*

Je ne vous demande pas de construire un musée.

*

On riait d'elle. Elle n'avait rien à voir avec ceux de son âge. À vingt ans, elle était toujours vierge.

Les grandes entreprises naissent dans le cœur.

*

Dans les soirées alcoolisées avec ceux qui se prétendaient ses amis, un tel dégoût lui venait qu'elle était prise de vomissements, qu'ils attribuaient à un désir de rester mince. Ils formaient des couples. Le sexe était leur grande affaire. Elle regardait avec effarement les anciennes petites filles avec qui elle était allée à l'école, et qui jouaient comme elle à semer dans la maison des chemins de pierreries, jouer avec conviction leur rôle de femmes comblées. Leurs conversations parlaient d'égalité.

Du jour où elle décida de ne plus les voir, ce fut une curée. On n'aime pas que la proie disparaisse.

*

Dans son enfance, elle entendit encore sa grand-mère dire une maison des champs au lieu d'une maison de campagne.

*

Les eaux stagnantes, les marécages du fond du vallon furent patiemment asséchés par les Messieurs pendant les années que les sœurs étaient à la maison de Paris.

*

Elles furent douze et s'en tinrent là comme les apôtres. Comment faire pour les déloger ? Pire que des prières des rues, c'étaient des prières des champs.

Étrangère dans sa famille. Étrangère dans sa génération. Étrangère dans son siècle. Étrangère au spectacle du monde. Enfant, ses yeux trop graves étonnaient.

Ombres radieuses !

Elles se multipliaient, et avec elles ceux qui descendaient des hauteurs de la vallée pour les entendre chanter de très anciens chants oubliés.

*

Ils descendaient les cent marches comme s'il se fût agi d'une promenade dans les champs. Parmi eux, beaucoup de couples jeunes.

Ils descendirent bientôt par centaines.

Personne ne savait comment s'y prendre avec ces femmes.

*

Pareillement, quand ces hommes décidèrent de se retirer du monde pour se tourner vers les confins du monde, le monde ne le supporta pas et lança contre eux ses meutes.

Quand les hommes se couchent, ce sont les femmes qui se relèvent. Elle regardait autour d'elle se coucher son pays sans rien apercevoir de poétique dans cette démission. Ils se couchaient en se bouchant les oreilles, en se fermant les yeux. La légèreté de caractère de cette nation les persuadait encore d'être quelque chose quand ils n'étaient que lâches.

La Croix est un brasier.

On commença à se demander si était folle cette femme qui s'agenouillait dans un brasier.

*

Derrière cette extraordinaire femme à la poitrine bandée d'une énorme croix vermeille cousue sur le scapulaire, aux mains gantées de cire dépassant des plis de l'armure pour tenir l'une un livre d'heures noir à la tranche vermeille, l'autre un chapelet de perles pâles dont la petite croix blanche suspendue à hauteur des genoux, proportionnelle à l'immense croix sanglante du pectoral, est le seul indice féminin d'un portrait si mâle, au corps massif qui pourtant ne semble pas réellement assis dans la chaise de paille, ni le bras reposer sur le bras de bois, à la tête couverte d'un voile noir dont les retombées le long des épaules s'effilent à la façon des ailes d'hirondelles et en effet, il y a de l'oiseau dans les yeux noirs et brillants sous les très grands sourcils, et deux oiseaux qui s'ébrouent dans le ciel nuageux de l'arrière-plan, juste à l'aplomb du clocher de l'église dont émerge, au-dessus des arbres et dans l'échappée de ciel bleu, aussi fine que des cheveux, une minuscule troisième croix - derrière la Mère Angélique Arnauld, on aperçoit la colline et ces Messieurs qui descendent avec leurs jeunes élèves joyeux.

*

Peu à peu, le mot *musée* perdait de sa pertinence.

*

Elle ne choisit personne. Elles se présentèrent d'elles-mêmes, presque en même temps.

*

La tempête de l'an 2000 arracha tous les arbres par lesquels on prétendait indiquer le périmètre du cloître. Dieu aussi sait faire table rase. Il les jeta à terre dans une vraie débâcle. En revanche, le chemin des cent marches fut lessivé et comme remis à neuf.

Oh, l'effroi confus, l'effroi minuscule des politiques et des évêques quand ces femmes leur disaient : ce n'est pas un musée que nous voulons.

Pourquoi, s'emportait l'évêque, si vous êtes ce que vous prétendez, vous prostituez-vous devant les caméras ? Croyez-vous que l'Église ait besoin d'un scandale de plus ?

*

*Allons, mon cœur !*

Quelle flamboyance, grand Dieu, dans cette exhortation qu'aucune bouche d'aujourd'hui ne pourrait proférer, puisqu'il s'agit d'honneur !

Comme on nous dit dans les grands textes qu'il faut se faire violence pour redescendre de la colline, tous ceux-là devaient le faire pour remonter du vallon : dans tous les cas, c'était retrouver la ligne de médiocrité.

*

On ne déterre pas le passé, Madame. Laissez ces lieux en paix.

Déterrer, Monsieur ! Le mot est malheureux !

*

Elle savait qu'elle devenait belle. L'attitude grossière des hommes le lui disait assez, et aussi la jalousie redoutable de celles qui se prétendaient ses amies. Elle devint même d'une très grande beauté.

Mais elle avait été une enfant disgracieuse. Comme souvent, alors que les beaux enfants devant qui on ne cesse de s'écrier deviennent d'insignifiants adultes, les enfants sans grâce, heureusement préservés de cette rumeur louangeuse qui gâte les âmes, stupéfient l'entourage quand ils attrapent vingt ans.

Le premier mot d'adulte que petite fille elle retint fut le mot *rare*.

*

Je ne vous demande pas de construire un musée. Nous sommes bien vivantes !

*

Un jour de mars, à seize heures, dans les dernières rafales d'une giboulée, un double arc-en-ciel se leva d'un bord à l'autre du vallon, si net, si pur, si lumineux et si solide qu'il fallait bien que ce fût un signe.

L'eau de leurs chants était si belle que beaucoup vinrent s'y baigner. De jeunes couples s'y retrouvaient à côté de très vieux vieillards qui les chantaient aussi, comme si presque un siècle ne s'était écoulé depuis le temps où, jeunes enfants, ils chantaient quelque chose qui ressemblait à ces chants sur les bancs des églises, dans l'odeur de l'encens.

C'étaient des chants qui alternaient le latin et le français, ce qui mettait en rage tous ceux qui voulaient, pour les balayer hors-la-loi, que ces femmes fussent fanatiques.

*

Elle avait eu un haut-le-cœur le jour qu'elle entendit un journaliste américain dire qu'ils ne disaient pas aller en France, mais aller au Musée.

*

# II

La situation devint nettement embarrassante quand il fallut se rendre à l'évidence que ni pluie ni neige ni frimas ne les touchaient, elles douze debout sous le ciel, alors que la foule autour d'elles s'abritait sous une forêt de parapluies ou de chauds vêtements d'hiver.

L'embarras devenait redoutable et clairement politique quand on pensait aux prières de rues transpercées par les orages et les froids, remportant sur leurs épaules leurs tapis gorgés d'eau.

De ce caprice du ciel, aucun journal ne parla. Mais on en parlait.

*

Dans le cloître s'alignaient les croix des tombes, comme des plants de tomates dans un potager.

C'était dans ces carrés précisément qu'elles se regroupaient, sur le sol de pelouse rase sous lequel, sans doute, restaient enterrés quelques ossements échappés aux chiens.

Elle avait connu l'effroi des cimetières, enfant. Plus tard, l'effroi des reliquaires. Tout cela s'était noué dans un même effroi sacré.

*

À l'âge de quinze ans, le mot *mémorial* entra en elle avec la même force qu'était entré, dans son enfance, le mot *rare*.

Elle le disait à voix haute dans sa chambre. La dernière syllabe l'enchantait et la terrifiait en même temps avec sa résonance creuse. Elle écouta dans ce Mémorial comme des pas dans un sépulcre jusqu'au jour où – elle avait vingt-trois ans –, lisant dans la relation de captivité d'Angélique de Saint-Jean Arnauld d'Andilly cette phrase que « Dieu pouvait remplir ce vide et me donner autant de force par la communication des souffrances de Jésus-Christ que par la participation du divin sacrement qui en est le mémorial », le *mémorial*, tournant lentement sur lui-même comme un cœur, balaya l'image du sépulcre.

*

Rome enfin s'alerta et, comme au temps des persécutions du Roi-Soleil, on vit qu'allait se renouer l'alliance du Saint-Siège et de l'État contre ces femmes lancées sur un vaisseau sans voiles ni gouvernail sur le plein océan de la divine Volonté.

*

À vingt-cinq ans, elle connut un amour humain qui la laissa navrée.

*

Tout fut détruit, rasé, excavé. On arracha des tombes ce quelque chose qui n'a plus de nom et qui, dans sa répulsive fermentation, était capable, surtout dans cette religion si proche de la chair dans tous ses états, de nourrir encore bien des mémoires. Ce fut peine perdue. De Port-Royal des Champs à Saint-Denis en France, soixante-quinze années rampèrent en rhizomes de sang sous la surface du siècle et, jaillissant du sol en 1793, sautèrent à la gorge du roi sacrilège et de toute sa descendance. Louis le Grand tomba de toute sa hauteur dans la fosse.

*

Elles se tenaient debout, en état de ressuscitées et en espérance de l'être un jour, comme les anges sont en la présence de Dieu, ayant les ailes étendues, prêts à aller où il Lui plaît.

Chaque jour de la semaine, à six heures et demie du soir, dans le creux du vallon, avec autour d'elles les collines et le ciel nuageux, elles se tenaient là.

Celle qui était à l'origine de cette stupéfiante obstination ne se distinguait des autres par aucun signe particulier, ni dans le vêtement, ni dans la coiffure, ni dans la place qu'elle occupait dans ce petit bataillon. Elle avait seulement les yeux très bleus.

*

On aperçoit, à vol d'oiseau, l'abbaye fantôme et, minuscules, serrées autour de la croix du cloître au milieu de la foule qui traverse sans les voir les murailles de l'église, des dortoirs, des parloirs, de l'hôtellerie, marche sur l'ancienne surface de l'étang et dans le grand jardin traversé d'un canal, douze femmes encore jeunes dans de grands manteaux blancs.

Mais très vite, les vieilles voix des vieillards se turent, et on les laissa chanter seules. Car leurs voix à elles étaient si douces, si distinctes, si articulées, si claires dans leur diction, que l'on distinguait le moindre mot des hymnes en français, et que même les hymnes latines parlaient au cœur tant les inflexions de ces voix avaient un ton d'intelligence. Jamais cependant ne s'en détachait une qui donnât un plaisir d'ornement ou de curiosité aux auditeurs, ni qui se distinguât par le moindre artifice ou la moindre complaisance. Ces douze voix fondues en une frappaient de stupeur les jeunes adultes : ils n'avaient jamais entendu louer Dieu.

*

La momie noire de Louis XIV, tirée de son cercueil de plomb, avait encore un air de grandeur.

*

À seize ans, le Mémorial s'ouvrit comme une porte. L'accent d'ironie du professeur parlant d'un Pascal illuminé ne fit rire que les âmes étroites. Ils furent plusieurs à lire, au contraire, avidement, les lignes de feu.

*

Quelle était donc cette langue si pure, si élégante, claire, sonore et douce, et dont les mots pourtant connus résonnaient comme les mots d'une langue étrangère ?

Ils entendaient louer Dieu en français.

Les douze visages de ces femmes, nus comme des visages d'hommes, avaient en commun une grande pâleur, et leurs cheveux, taillés courts ou nattés très serré, ne portaient pas de voile. On se demanda un temps si d'aimables sociétés ou petits cercles littéraires ne trempaient pas discrètement dans ce traquenard tendu au siècle. Parfois, elles descendaient du musée des Granges. Parfois, elles arrivaient par le guichet du site, en même temps que les visiteurs. On les voyait descendre de voitures dans le parking. Elles étaient terriblement réelles.

*

Monsieur le Président, elles sont hébergées dans les hôtels de la ville, ou chez l'habitant.

Mais, bon Dieu, qu'est-ce que le Pape attend pour intervenir ?

Elles paient leur ticket d'entrée chaque jour.

Foutez-moi le camp !

*

Complies, parce que c'est la dernière heure du jour et qui représente la préparation à la mort, à laquelle nous devons être trouvés veillant et debout comme les serviteurs de l'Évangile.

*

Elles s'alignaient deux à deux, six d'un côté, six de l'autre, après avoir traversé la foule qui s'écartait à leur passage. Jamais elles ne parlaient. Elles déclinaient d'un geste de la tête toutes les demandes, toutes les questions.

Haussant sa géographie et déplaçant ses montagnes et ses plaines comme les spectateurs dans un cinéma s'arrangent pour ne pas être gênés par la tête d'un voisin, la France regarda. Il était impossible d'oublier le visage de cette grande femme quand une fois on l'avait vu.

*

Achevées en 1555, considérées comme fort belles encore deux siècles plus tard, les stalles, les boiseries du chœur, achetées par les Bernardins de Paris en 1709, disparurent pendant la Révolution.

*

Madame, vous avez toute ma sympathie. Mais encore une fois, renoncez. Pourquoi vous obstiner ? Les lieux ne manquent pas !

Ce lieu manque depuis trois siècles.

Et vous demandez une telle chose à la République ?

Quelle République, Monsieur ?

*

Les canicules à répétition qui marquèrent la première moitié du XXIe siècle firent du vallon une fournaise. On se prenait à regretter les inondations de l'église qui avaient déterminé la mère Angélique à relever tout l'ensemble de sept pieds, portes, autels, chaire, les chapiteaux des colonnes se retrouvant à hauteur de tête comme chez les Bernardins. Certains étés, la terre prit des gerçures inconnues sous nos latitudes. Le climat travaillait.

*

Rien de plus frais, de plus verdoyant que les images du temps où, sans sortir de leur clôture, ces femmes distribuaient l'aumône. On y voit, dans la perspective de la porte en ogive, de l'herbe verte autour de l'allée blanche que descend, de dos tout en noir avec son grand chapeau à bords plats, un de nos Messieurs allant à l'église. Au-dessus du toit de tuiles, le ciel fourmille d'oiseaux. Un cavalier à manteau rouge, bottes noires et perruque blanche sous le tricorne vient d'arrêter sa monture sous un chêne au pied duquel un pauvre assis mange du pain. Deux femmes s'en vont, la vieille chargée d'un paquet de victuailles, la jeune avec un enfant dans ses jupes, un autre sur le dos, un troisième à son sein. Près du mur des écuries, deux autres Messieurs se touchent la main, cependant qu'un homme en sabots et haillons, chapeau tendu, attend que ces mains laissent tomber une pièce. Tout un petit groupe de sœurs et de paysans s'affaire, sous l'ogive, autour d'un grand panier de jonc. Les fenêtres de l'étage ferrées de fortes grilles rappellent, entre le ciel bleu et l'herbe verte, la rigueur de ces lieux.

*

Mesurent-elles ce qu'elles font ? C'est de la semence de guerre civile, ni plus ni moins !

On ne peut absolument écarter, en effet, l'hypothèse d'une sainte colère.

Que faire ?

Accéder à leur demande.

C'est impossible.

Alors la République tremblera.

*

On décida de laisser le site ouvert tous les soirs, bien plus tard que l'heure de fermeture, surtout en hiver, pour que la foule cesse de vandaliser les murs et les grilles dans sa poussée vers l'ancien cloître. C'était cela ou expulser ces douze femmes, solution qu'on n'envisageait qu'à long terme, une fois passée la mode.

*

Les Messieurs ne parlaient pas de la colline, mais de la montagne. Pour descendre à l'église, ils descendaient des cimes. La splendeur du ciel leur coupait le souffle, certaines nuits.

*

Être nés et vivre dans une fin de monde.

*

Cinq années après l'apparition de ces femmes dans le vallon, une pétition surgit sur la Toile. Elle fut vilipendée.

En moins de deux mois, elle avait pourtant recueilli trois millions de signatures.

*

# III

Ce qu'aperçoivent de l'Univers les hommes du XXI^e siècle – ce qu'ils déduisent – ce qu'ils soupçonnent –, n'est rien.

Leurs gardiens à elles étaient invisibles, mais, fidèles ministres, ils déchiraient de leurs ailes les cieux dans leur impétueux désir de descendre du ciel en la terre vers ce vallon, et dans ce vallon vers cette foule, et au milieu de cette foule vers ces femmes qui louaient Dieu ; et de là, comme les abeilles rapportent à la ruche leur butin et repartent infatigables, et reviennent – et ainsi toujours –, ils remontaient vers les cieux chargés des chants de louange, mais aussi enivrés des mouvements qui faisaient se tourner cette foule vers ces femmes tournées vers Dieu et entendre l'exhortation : Debout,

Chrétiens ! Ainsi montaient-ils et redescendaient-ils sans cesse, chargés dans leur envol des oraisons qui, sans eux, n'auraient pu s'élever jusqu'au ciel et percer les nues tant est faible et languissante la prière des seules forces humaines, et dans leur descente, d'une telle moisson de grâce que la force agissante de cet inlassable aller et retour entre celles dont les ombres hantaient ce lieu, et qui avaient préféré la prison et la privation de sacrements à la trahison de ce que leur conscience et leur âme leur disait être la vérité, celles qui venaient trois siècles après dans ces mêmes lieux proclamer qu'il n'y a d'autre Dieu que le Dieu mort sur la Croix, et la gloire céleste du Père de miséricorde et Dieu de toute consolation, cette force agissante, donc, débordant du vallon comme d'une coupe trop remplie, commença à se déverser dans de très nombreux cœurs.

On avait perdu la mémoire, en France, de ces fermetés d'âme.

*

Contre le mur de la nef ou dans le cloître, elles dorment, dans l'espérance de la Résurrection. Un incompréhensible Roi les arrache au ventre de la terre.

Des fenêtres des chambres des petites filles, on apercevait le couchant sur la colline et l'école des Granges.

Aux funérailles du Soleil, Massillon ouvre la bouche et lâche ceci à quoi se résumera toute l'oraison funèbre d'un Roi égaré : Dieu seul est grand.

*

Nous le demanderons au Roi, si la République ne veut rien entendre.

Au Roi, Madame ? Quel Roi ?

À Cordoue, ils demandent à prier dans leurs anciennes mosquées.

*

Peu à peu cependant, elle se détachait des autres. Non qu'elle le voulût. Mais c'étaient elles qui, après l'avoir suivie jusqu'à leurs places, avant de s'immobiliser, marquaient d'un pas en arrière que cette femme était celle qu'elles avaient élue pour les conduire dans cette formidable bataille engagée contre le siècle, sa misère, ses reniements, et contre un pays qui ne sait que s'exécrer.

Celles-ci non plus ne signeraient pas.

Trois siècles après l'immense querelle sur la grâce, une autre imposture devint claire aux yeux, entre ces femmes qui ne signeraient jamais l'imposture, et cette pétition au contraire signée par des millions d'inconnus.

Leurs chants portaient aux hôtes du vallon – car on ne pouvait plus les appeler visiteurs – les admirables traductions en français des Psaumes auxquelles, fiers dépositaires du beau langage, les Messieurs avaient travaillé, mais aussi celles de Racine, le lâche Racine, celui qui s'est couché devant le siècle, celui qui a trahi, mais qui demande d'être enterré aux pieds de Monsieur Hamon comme le chien revient mourir sur la tombe de son maître.

*

Quand on libère Angélique de Saint-Jean de ses dix mois de captivité chez les Visitandines, une affectueuse mère lui parle avec une grande bonté et finit par la conjurer de demeurer unie à l'Église, de ne jamais s'en séparer. Elle lui répond qu'elle lui promet devant Dieu qu'elle fera ce qu'elle dit, mais elle ajoute en riant que ce ne sera pas en la manière qu'on l'attend.

*

Monsieur Hamon visitait ses pauvres sur un petit âne et, pour ne laisser pas ses mains inactives pendant ces trajets, faisait du tricot.

*

Nous tombons, encore que ce verbe n'ait aucun sens.

Andromède et la Voie Lactée lancées l'une vers l'autre s'entre-dévoreront dans quatre milliards d'années.

*

Il allait bien falloir s'aviser du phénomène : les signatures affluaient, pas seulement d'Europe, mais d'Amérique, d'Afrique, d'Asie. Pire : des listes de donateurs s'y alignaient, dans lesquels on reconnaissait d'influents mécènes du monde. Réduit comme on réduit une place forte, démantelé, détruit, rasé, fouaillé, poursuivi jusque dans ses images, Port-Royal résistait encore. Il eût fallu combler le vallon, effacer le ciel, faire rendre gorge aux oiseaux, brûler la poussière et la cendre, décrocher des consciences les portraits admirables, soulever tous les manteaux et les jupes sous lesquels marchaient vers les libraires les lignes de feu, étrangler Pascal au sortir de sa mère, tous les Arnaud, toutes les belles amies, massacrer une génération à la lisière, étouffer Racine au berceau. Dans une agonie qui n'est pas sans grandeur, ayant vu s'écrouler sous lui toute sa descendance, le Roi-Soleil eut un songe. Il courait le loup dans le grand parc, comme dans sa flamboyante jeunesse, ayant recouvré son corps de vingt ans, celui dont tout le royaume exaltait la beauté. Dans ce corps de vingt ans éclataient toutes les grâces d'un règne commençant. Soudain, d'un élan formidable des antérieurs, son cheval s'envolait et le déposait sur une hauteur. Une voix lui disait : Regarde.

Sous les yeux du Roi se déployait un édifice étonnant dans lequel, aux portes de la mort, il reconnut Versailles, mais Versailles rehaussé d'un étage que d'abord il ne connut pas, et qui lui arracha un grand cri quand il reconnut, posé sur les toitures, porté par le château, Port-Royal intact levé dans la lumière.

*

Il faut s'adresser à leur ordre. Demander qu'elles repartent d'où elles viennent.

*

Piquée de diamants d'os et de morceaux de linges trempés dans le sang, la nuit étend son reliquaire sur Port-Royal devenu Port-Royal de la Nuit. Tout ce que nous découvrons de l'Univers nous ramène à l'Incarnation.

*

Certains soirs d'été, Robert Arnauld d'Andilly prenait une rose dans sa main, par-dessous les pétales, comme on prend une coupe, et se contentait d'en respirer le parfum.

Il faut être bien hardi, se disait-il, pour cueillir une rose.

Certains soirs d'été, assises en rond dans la Solitude, les Sœurs voyaient le ciel devenir noir d'ardoise, les versants moutonnés d'arbres secoués d'un affolement joyeux, d'une grande excitation, d'un roulement de tambour.

*

*Où êtes-vous, où, mes frères et mes sœurs en ce monde ?*

*

Il nous est égal de déplaire aux hommes, Monseigneur. Nous ne devons craindre de ne déplaire qu'à Dieu.

Vous êtes donc aussi folles, aussi effrontées, aussi peu modestes que celles qui vous ont précédées dans ces lieux ? Vous vous mêlez de savoir ce qu'attend Dieu ?

Oui, Monseigneur. Être l'ennemi des autres est tout à fait chrétien. Je n'ai pas dit de l'autre.

Tous les évêques de France se prirent pour cette femme d'une franche détestation.

*

Le scintillement doux du ciel bleu fait du ciel du vallon une eau fraîche. Elles viennent y boire.

*

Mais leurs gardiens n'enlevaient pas seulement les louanges du vallon au ciel. Leurs ailes se chargeaient de l'ingratitude des hommes : ils ne pouvaient se soustraire à cette obligation. Sur le vallon passaient ces habitants du ciel, peuple invisible, associé aux hommes, uni à eux par la charité, tendres confidents, mais capables de devenir leurs persécuteurs et leurs implacables ennemis quand les registres des actions humaines consignées par eux seraient ouverts. Entendant la voix dans le vallon qui disait : J'ai supporté ce peuple avec peine et dégoût durant quarante ans, et j'ai dit en moi-même : Ce peuple se laisse toujours emporter à l'égarement de son cœur : il ne connaît pas mes voies et ma conduite : aussi je leur ai juré dans ma colère, qu'ils n'entreront point dans le lieu de repos et de félicité que j'ai promis - elles imploraient la miséricorde divine pour tous les crimes d'imposture de ces temps misérables ; la miséricorde divine pour ce pays sans mémoire ; la miséricorde divine pour ceux-là, déjà convaincus que le Christ n'est qu'un prophète, qui osaient encore s'approcher de la sainte table, pour que le corps de Jésus-Christ, cette viande d'immortalité, ne se change chez eux en venin de mort et ne porte la damnation dans leurs entrailles.

Cœurs cloués à la Croix !

*

Elle marchait devant ses sœurs, et dans les derniers hivers de neige que connut la France, on remarquait avec stupeur que leurs pas ne laissaient pas d'empreintes, ni de traces leurs stations. De la même façon, quand elles traversaient la pelouse des printemps, elles restaient à la pointe des herbes. Quand le climat changea, le ciel ressemblait encore à une fontaine. La terre certains étés prenait d'effrayantes fissures. Puis il pleuvait terriblement sur des marais apparus.

Avec saint Bernard, la France s'était couverte d'un blanc manteau d'églises.

*

Cisterciennes, je présume ?

Hélas non, ce serait trop simple.

Ne me dites pas que ce sont des laïques !

*

Ils descendirent de la colline vers ces douze femmes et se demandèrent pourquoi ils avaient oublié leur Dieu.

# IV

Jouons le temps. Laissons faire, laissons s'épuiser.

Vous n'ignorez pas qu'ils sont des centaines, peut-être des milliers ?

Laissons faire. Regardez ce qui s'est passé avec les prières de rues. Cela s'est calmé.

Cela s'est calmé, Monsieur le Président, parce que nous avons cédé. Nous avons ouvert des salles et construit des mosquées.

Attendons.

Attendre quoi ? Tranchez ! C'est un nid de fascistes là-dedans, la nation applaudira !

Monsieur le Premier ministre, nous appartenons vous et moi à une génération maudite. Croyez-moi, une autre monte derrière nous. Elle s'est retournée en arrière. Elle a déterré le vieux fond catholique, elle souffle dessus. Si vous voulez jouer à lancer les CRS dans ce vallon perdu, ce sera une révolution. Il y a un peuple dans ce pays, et ce peuple, sans même le savoir, est du côté de ces femmes. Ne lui donnez pas l'occasion de le penser.

*

Les dons continuaient d'affluer.

*

À vingt-sept ans, elle fut touchée.

Elle se rappela les lignes de feu, et chercha les lieux qui avaient été, pour ces hommes et ces femmes lassés du monde, d'un tel secours.

Elle vint seule, à pied, un matin de dimanche d'automne, à travers les bois, après avoir demandé où se trouvait Port-Royal des Champs à vingt personnes qui en ignoraient l'existence, jusqu'à l'exclamation de la boulangère : Ah, oui, vous voulez dire l'abbaye ! Mais qu'est-ce que vous allez chercher là-bas ? Il n'y a rien ! Il n'y a que des ruines !

Il ne restait que des ruines, en effet, mais sous un tel ciel qu'elle s'agenouilla dans l'herbe dans le petit lieu appelé Solitude où, trois siècles et demi plus tôt, ces grandes femmes venaient s'asseoir en cercle et chanter sous le même ciel :

Avant qu'au jour fuyant la nuit sombre succède
Et nous ferme les yeux :
Connaissant ta bonté nous implorons ton aide,
Ô Monarque des cieux ;

Écarte de nos sens ces songes pleins de charmes
Que forme l'ennemi :
Conserve chaste et pur contre ses noires armes
Notre corps endormi.

*

Quand elle atteignit le terme de sa vie (c'était dans le second versant du XXIe siècle), on lui demanda de consacrer ses derniers mois à écrire cette vie. Elle voulut que l'on tournât son lit vers la fenêtre.

*N'ayez pas soif de la fulgurance, vos yeux de chair en seraient brûlés. Voyez comme Dieu s'est éclipsé dans sa création pour ne pas nous éblouir.*

*

Reconstruire n'est rien. Nous devons relever.

*

Au Théâtre de la Ville, pendant toute une saison, on lance des excréments contre le visage du Christ. La salle applaudit les CRS venus vider quelques récalcitrants. On se regarde applaudir. Toute une génération de héros s'admire et s'encourage. Quel combat ! Quelle hardiesse ! Quel risque !

Immensément miséricordieux, le visage de notre Dieu change en or notre boue.

*

Vers ces femmes encore jeunes qu'on voyait du haut de la colline alignées et blanches comme des pierres redressées vinrent de jeunes hommes qui se penchèrent avec elles sur des plans.

Ils ne discutèrent pas sur l'accessoire. Il ne s'agissait pas de reconstruire à l'identique.

Ce serait une imposture de plus, dit-elle. Nous ne voulons pas d'un leurre. Bâtissons solidement aux mêmes dimensions autour du cloître, voilà tout.

*

Lentement glissent les continents.
Les précipices s'entrebâillent, entre les mondes.

*

Ici, dites-vous, ces grandes femmes assises en cercle sur des bancs, corbeille d'ouvrage à leurs pieds, filaient et cousaient, marquées de rouge sur leur gorge blanche et les ailes depuis le crâne noir repliées en arrière, écoutant la lectrice mais aussi riant et parlant, une heure le jour, de belle amitié ?

*

Une seule fois, elle autorise qu'on prenne d'elle une photographie, dos tourné à la fenêtre où, comme dans un tableau, s'encadre la pente du val couronnée des Granges et dont les sillons de vergers retombent comme un voile.

*

Qu'est-ce donc qui les attire sur cette terre ingrate, ces glorieux citoyens du ciel ? Comment peuvent-ils se mêler de nos pauvres agitations et ne pas nous dédaigner, faibles créatures que nous sommes, si peu proportionnées au mystère ? Se trouve-t-il dans ces lieux quelque recrue pour leurs célestes légions ? Quelque cœur à moissonner ?

Ils accoururent pourtant.

La pointe de leurs ailes, s'étendant et se rejoignant, se portait à l'incandescence. Sous les ramifications de ce brasier ramifiant, portées au rouge, qui étaient en même temps d'un blanc immaculé, sous ce brasier d'immaculation ramifié et se touchant aux extrêmes, sous cette forêt d'ailes et de plumages célestes tissant là-haut leur insoutenable amour, le vallon accablé de grâce ne cessait d'attirer cette nouvelle génération assoiffée de grâce.

Les pentes piétinées retrouvaient au matin leurs herbes intactes. Le verger de M. Arnauld n'avait jamais autant donné. Les parterres de plantes aromatiques, pieusement entretenus parmi la prairie des Granges, n'avaient jamais produit tant d'odeurs.

*

Dans ce songe, raconte Angélique de Saint-Jean, dans le songe que je fis et qui me laissa dévastée et ravie devant la puissance du Très-Haut, je voyais notre maison avec ses murs entrouverts depuis le haut jusques en bas, et ses planchers disjoints et ses cloisons arrachées, il soufflait un effroyable vent, et je demeurais en admiration que cette pauvre maison assaillie tînt ferme malgré tout, se tînt debout malgré tous ces assauts, et comme ses murs résistaient sans pencher quoiqu'ils eussent perdu leurs chaînes de pierre de taille : et je ne voyais rien d'autre que la puissance invincible de Dieu qui soutînt notre pauvre communauté.

*

On voit, dans une vitrine du musée des Granges, une croix de velours grenat ourlée à gros points, et l'on s'étonne que cette croix de dimensions moyennes prenne, sur les scapulaires des tableaux de Philippe de Champaigne, l'immensité de croix de Templiers.

Entouré de murs de pierre blanche, le verger de Robert Arnauld d'Andilly était une prairie où les Solitaires menaient paître leurs âmes.

*

Elle resta assise en haut des Cent Marches, longtemps, devant ce berceau devenu tombe et verdure. Elle resta si longtemps que les gardiens du musée s'inquiétèrent. Mais elle leva vers eux un visage rayonnant et leur demanda s'ils ne pouvaient lui permettre, bien que ce ne fût pas jour d'ouverture, de franchir la porte du bas des marches, à travers la muraille, et d'aller seule parmi les ruines.

Il se trouvait qu'un maçon travaillait à cimenter le seuil de cette porte, et qu'elle était ouverte.

On lui accorda quelques pas de l'autre côté.

C'était de l'herbe rase où l'on aurait bien vu brouter des moutons, quelques pierres à fleur de terre, et du ciel.

*

Au Roi, Madame ? Quel Roi ?

Vous tomberez, Monsieur, comme tout politique. Mais notre maison sera relevée.

Quel Roi ? N'est-ce pas un Roi qui a détruit ces lieux ? N'est-ce pas lui qui a fait vider les tombes ? Et vous attendez de la République aux abois qu'elle répare ? Savez-vous ce que coûte le seul entretien de ces lieux ?

Nous ne manquons pas d'argent.

Madame, aucune abbaye ne sera reconstruite.

Monsieur, qu'est-ce donc qui vous fait si peur ?

*

Les fleurs coupées au bord de l'étang remplissaient l'église de l'ardeur de leur saison.

*

Avons-nous formé des architectes et des ingénieurs pour qu'ils aillent dans ce trou reconstruire une termitière ?

*

Ils ne s'accordaient pas, au temps des grandes femmes, sur l'impression que leur faisaient ces lieux.

C'était pour les uns un vallon affreux, une effroyable solitude dont on s'en retournait glacé reprendre chaleur et vie dans le rayonnement de la personne royale, et pour les autres, un séjour baigné de grâce, et même une image de ce que sera, dans le ciel, la récompense des élus assis à la table du Très-Haut, buvant et mangeant avec Lui de cette viande aux saints réservée qui n'est autre que Dieu même qui les rassasie de la présence de Sa gloire dont ils sont nourris par Sa vision bienheureuse.

*

Dans une fraîcheur de genèse, leur ciel dépliait des cristaux bleus. C'était comme des cimes de montagnes vues à la renverse, des plissements de crêtes froissées comme du papier de soie suspendus sur le val.

La seule place qu'elle voulait refaire à l'identique était le petit amphithéâtre de la Solitude, dont on recalcula l'exact emplacement.

*

Puisqu'il est Celui qui accomplit les prophéties, Celui qui est mort sur la Croix n'est pas un prophète. Il est Dieu, et c'est une grande imposture, et une grande lâcheté, que de laisser dire et de dire soi-même ce qui n'est pas la vérité.

Notre monde est plein de reliques de Sa présence : ne serait-ce que dans notre cœur, où c'est Lui qui nous attend, et non l'idole du Moi.

Dieu adorable, qui tendrement restes pénombre autour de nos yeux de chair, mais pénombre douce, inclinée vers nous à la mesure de nos forces chancelantes, source d'émerveillement, rassurante, seule forme possible de la Révélation, et que nous ne sommes pas abandonnés !

*

Mais la tentation fut trop forte : marcher seule, sur les cendres fécondes ; passer la porte cintrée en pointe par laquelle les Messieurs descendaient vers l'église ; pénétrer dans la nef accompagnée de deux corridors où dorment plusieurs sépultures ; traverser jusqu'au sanctuaire fermé d'un balustre de bois, monter les deux degrés jusqu'à l'autel ; sur le retable, voir le beau tableau de Philippe de Champaigne représentant la Cène avec le Christ et les douze apôtres, la nappe fraîchement dépliée retombant de la table comme un carrelage de tissu, au-dessus des pieds posés sur le carrelage du sol où brille, en réponse au calice de même métal au doux rougeoiement, l'aiguière qui servit pour le lavement des pieds ; franchir le vestibule, descendre les degrés vers le cloître aux arcades revêtues de briques, partagé en quatre compartiments par deux allées qui se croisent, avec au milieu une assez grande croix de bois peinte en gris élevée sur trois petites colonnes de pierre, et en plusieurs endroits d'autres petites croix de bois de même couleur plantées en terre et qui marquent les sépultures et les noms des défuntes ; rejoindre la salle du chapitre, carrée et voûtée avec un pilier de pierre dans le milieu, deux grandes fenêtres sur la cour, et tout autour, deux gradins de bois de sapin qui en forment les sièges, et la chaire de l'Abbesse adossée contre la muraille de l'église ; s'arrêter devant les tableaux sur les murailles, l'un du miracle de la Sainte Épine fait par Champaigne et représentant sa fille sur laquelle il a été opéré, un Saint Benoît, un Saint Bernard, et les portraits des Mères Marie Angélique, première abbesse depuis la réforme, et Angélique de Saint Jean ; monter dans le petit chœur pour l'assistance au Saint-Sacrement pendant la nuit, et rejoindre le noviciat où les novices, postulantes et filles prises pour aider au chant du chœur s'assemblaient pour le travail et l'instruction ; après avoir laissé la galerie du premier étage, monter au deuxième étage, suivre le corridor carrelé de petits carreaux dans le milieu qui dessert vingt cellules d'un côté et vingt de l'autre dont les fenêtres sont au couchant sur le cloître et le jardin, et au levant sur la cour ; monter encore au troisième étage et y retrouver la même distribution, excepté qu'au bout du corridor il y a deux grandes chambres à cheminée dont les vues sont sur le jardin ; au bout de ce même dortoir, lire l'avertissement écrit à la main sur un papier collé sur une traverse de la fenêtre : Notre Mère avertit les sœurs, qu'il ne faut point ouvrir cette fenêtre avant six heures ; atteindre enfin le comble de ce bâtiment, qui forme un grand et spacieux grenier où l'on étend le linge ; redescendre au réfectoire, qui est sous ce même bâtiment, éclairé par quatre fenêtres carrées sur le jardin, la chaire de la lectrice adossée à cette même muraille du côté du jardin ; sortir enfin dans le jardin rempli d'arbres fruitiers sans beaucoup d'ordre, et de carrés de légumes, partagé en deux dans sa longueur par une muraille ; gravir la pente vers la partie qui est du côté du midi, ombragée d'arbres de haute futaie, lieu de promenade et de conversation, et qui s'appelle la Solitude : voilà ce qu'elle fit, personne ne s'interposa.

Quand elle remonta les Cent Marches, l'après-midi était bien avancé. Le maçon avait terminé son travail, mais il avait laissé la porte déverrouillée. C'était l'heure de fermeture. On l'attendait, avec gentillesse. Ses excuses embarrassées furent balayées d'un sourire. Il n'y a pas si souvent, lui dit-on, des visiteuses comme vous.

Port-Royal des Champs était encore au bout du monde, si l'on n'y venait pas en voiture.

Elle faillit manquer le dernier bus vers Saint-Rémy.

La campagne versait déjà vers la nuit.

# V

Absorbées par les centaines de mosquées construites pendant trente ans, les prières de rues n'existaient plus.

*

Ils venaient les voir et les entendre prier, eux privés de prière, et ne sachant comment, par quels mots, par quels gestes, par quels signes, s'adresser à Dieu, ne l'ayant jamais appris. Deux générations abandonnées des hommes venaient à genoux sur les pentes du vallon, retrouvant les mains jointes, paume contre paume et haut levées au bout des bras. C'était toujours la même stupeur devant ce phénomène qui ne s'étiolait pas, qu'il ne s'agît pas d'une mode.

Mais elles douze, toujours identiques, n'étaient déjà plus douze. Leur petite phalange croissait. On en compta une trentaine au bout de cinq ans, presque cent au bout de dix.

*

Dès que nos murailles se seront relevées autour de nous, Monseigneur, nous disparaîtrons aux yeux du monde ainsi que notre règle nous le prescrit. Mais tant que ce moment n'est pas arrivé, n'attendez de nous aucune compromission.

Qui parle de compromission ?

Tout, Monseigneur, tout en parle, et malheureusement surtout au sein de notre Église.

Que voulez-vous dire ?

Que notre Christ n'est pas un prophète.

Qui ose dire qu'il l'est ?

*

Dans des éclaircies du ciel d'automne, on voyait un soleil pâle.

Le vallon privé de son abbaye était comme cette bague dont des voleurs ont arraché la pierre, ce fermail dont il ne reste, après la fureur des siècles, que les ongles de métal. Les feuillages étaient veufs.

Pourtant, les oiseaux qui fusaient du ciel n'allaient jamais jusqu'au sol. Toujours leur vol s'inclinait, rasant d'invisibles toits, et remontait. De génération en génération, les oiseaux du val s'étaient transmis la mémoire des édifices.

*

Bien gérés, les dons fructifiaient.

*

Que craignons-nous ? Qu'elles deviennent des poseuses de bombes ? Soyons sérieux !

Elles, sans doute pas. Mais ces foules qu'elles attirent…

Eh bien ?

Il y a des fascistes là-dedans.

Des fascistes ! Des fascistes ! Ne me faites pas rire !

Ce n'était pas mon intention.

Alors ne me faites pas pleurer et tachez de nommer les choses.

Pardon ?

Monsieur le Premier Ministre, les fascistes d'aujourd'hui, ce n'est pas dans ce vallon que vous les trouverez. Nous sommes au XXIe siècle, dois-je vous le rappeler ?

*

Enchâssons, dit-elle, enchâssons ces reliques dans nos cœurs ; devenons reliquaires nous-mêmes. Le corps précieux enfermé dans l'Eucharistie, rendons-nous nous-mêmes des eucharisties pour le porter dans notre cœur. Notre maison n'est à ce jour ni reconstruite, ni relevée, mais elle n'a jamais cessé d'être un mémorial vivant de la présence de notre Dieu enfermé et voilé dans ce saint mystère. Relevons l'adoration perpétuelle. Adorons-le d'une continuelle adoration, en attendant de lui parler bouche à bouche comme les anges ; adorons-le jour et nuit, les unes après les autres, comme les marins de quart sur le navire ; soyons à toutes les aires du vent sur l'abîme de ce monde.

*

Tombées sous les yeux d'une fille de quinze ans dans le dernier quart du vingtième siècle, les lignes de feu de Monsieur Pascal avaient calciné tout son cœur, laissant place nette pour la parole pleine de feu qui était le brasier d'où Monsieur Pascal avait tiré ses lignes.

*

Port-Royal n'a d'autre fin, Monseigneur, que de vénérer le Saint-Sacrement et de porter haut la vénération de cet auguste mystère. C'est pourquoi nous venons de décider, mes sœurs et moi, quand notre monastère sera reconstruit, d'ouvrir à tous ces affamés qui nous entourent la porte de notre lieu d'assistance jour et nuit. Il y a place pour eux. C'est cela qu'ils viennent chercher, ils sont affamés d'adoration, il n'y a pas d'autre nourriture.

Ne vous ai-je pas entendu dire que le corps précieux enfermé dans l'Eucharistie abaisse et confond les ennemis de notre foi ?

Pouvons-nous dire autre chose, sans déshonorer ce divin mystère ?

Que faites-vous du dialogue des religions que nous menons depuis bientôt un siècle ?

S'il doit nous mener à l'oubli ou l'imposture : rien, Monseigneur.

Vous n'aurez jamais l'aval de Rome !

Nous l'aurons, Monseigneur. Peut-être même l'avons-nous déjà.

*

Alors on s'avisa d'un autre caprice du ciel, aussi inexplicable que celui qui les protégeait des intempéries, mais dont l'émergence dans les consciences eut un retentissement formidable. Comme, dès leur première année dans le vallon, elles étaient restées à veiller pendant les nuits de la Semaine Sainte, et que d'années en années, ils furent plus nombreux à venir veiller avec elles, levant les yeux vers la nuit, ce ne fut qu'un cri de stupeur. Car la lumière sale que les villes dégorgeaient et qui noyait les étoiles en ne laissant surnager que quelques clignotements qu'on prenait pour la nuit étoilée, avait reflué. L'éclat de nouveau visible des étoiles repoussait tous les murs de l'imagination. Sans devoir monter sur les plus hauts sommets de la terre, mais comme tous les hommes d'avant ce siècle carcéral, en renversant seulement le visage, on comprit qu'en ce lieu, une fenêtre restait ouverte sur l'infini.

Comment penser à Dieu, privés de Sa nuit ?

C'était l'immense reliquaire de la nuit au-dessus de Port-Royal encore spectral et d'où montent, aux Jeudi, Vendredi et Samedi saints, les chœurs admirables, chacun attendant que l'autre ait entièrement formé la dernière syllabe pour commencer le verset suivant, et où Dieu piqua les vestiges de Sa présence, Lui qui ne se dissimule que pour se mettre à la mesure de nos forces misérables sans nous laisser pourtant dans l'ignorance ou l'aveuglement auxquels il pourrait nous abandonner.

*Je me suis assise sous Son ombre : rien ne saurait me toucher.*

*

Quand Monsieur d'Argenson, lieutenant civil du Roi, vient avec ses gendarmes arrêter et déporter dans diverses communautés éloignées les vingt vieilles femmes qui étaient tout ce qui vivait encore dans ces lieux, l'Archevêque avec une inouïe brutalité va jusqu'à pousser par l'épaule la Mère Supérieure qui à son gré n'allait pas assez vite en disant : Allons, sortez !

*

Que voulez-vous, Monsieur l'Archevêque ? Que tous nos lieux deviennent des musées ? Nous ne sommes pas des souvenirs ! Nous ne sommes pas du patrimoine ! Nos chants ne sont pas enregistrés, ils ne sortent pas de haut-parleurs comme dans ces abbayes tristes à mourir où les touristes s'enchantent d'entendre chanter quand tout est désert ! Nos chants sortent de nos poitrines, rien ne nous fera déserter.

Madame, certains lieux sont habités à nouveau, ne le niez pas.

Voudriez-vous que nous accueillions des touristes comme au Mont Saint-Michel ?

Ne vous faites pas plus rigoriste que vous n'êtes. Parmi ces touristes, beaucoup viennent suivre les offices, n'est-ce pas ce que vous feriez si... ?

Je n'ai parlé que de l'assistance au Saint-Sacrement, Monsieur l'Archevêque.

*

Se saisissant de Lui-Même et Se clouant sur la Croix sous un milliard de ciels où les milliards d'étoiles sont autant de clous, cette Croix montée dans le cosmos traverse le visible jusqu'au Verbe : l'absolu sacrifice de ce Dieu qui, ému de miséricorde devant l'extrême misère des hommes, s'anéantit dans la chair et tombe, plus bas que la mort, dans une humiliation plus puissante que Sa toute-puissance, dans l'abandon de Dieu par Dieu, dans la mort de Dieu, transperçait le vallon et les cœurs horrifiés qui s'y pressaient visage contre visage, creusant là-dedans, dans ce néant, dans ces cœurs, un désir auquel rien d'humain ne pouvait plus répondre.

Il fallut à certains ranimer leur courage pour revenir.

*Cette nuit, j'ai fait le rêve de nos murs qui se relevaient, comme enchantés, pierre sur pierre.*

*

D'un geste de la main, le Roi-Soleil efface le passé. Rien n'a jamais existé dans ce val.

Jusqu'au vif des fondations, on gratta, on extirpa la moindre semence de nuit : le grand divertissement solaire, ayant fait table rase, se vit régnant à jamais.

*

Pour photographier ces nuages portés à l'incandescence blanche qui étaient au jour de Port-Royal ce que les amas d'étoiles étaient à ses nuits, on venait de la terre entière. Des clichés miraculeux défilaient sur les écrans. Du fond de ce ciel si bleu qu'il en était noir, une escadrille de nuages montait sur le verger de Monsieur d'Andilly, spectaculaires et somptueux dans leurs grands manteaux blancs égratignés, et s'en allaient avec le canal. C'était à peine si leurs formes laissaient un reflet dans l'eau. On vit un jour où, s'alignant aux bords du cloître, ils figurèrent des frondaisons. Du haut des Cent-Marches, le creux du vallon vide semblait moins vide avec ces grands édifices flottant à l'aplomb. Port-Royal ne cesserait jamais d'accoucher d'images.

Et cette suite de photographies tirait derrière elle, comme sur un chemin de halage, le merveilleux cortège d'une jeune graveuse née en 1686 et qui ne voulut pas que ces lieux tant aimés, devenus la proie des corbeaux et des chiens, pourrissent aussi dans la mémoire des hommes, et de son grand souci se levèrent quinze images merveilleuses qui sont les clichés de ce temps-là et qui, dans le secret des cabinets, dans les pages des livres de prières, dans l'ombre d'un corset, ne laissèrent jamais oublier qu'en ces lieux, des consciences avaient résisté.

La descente dans la nuit des Compagnies Républicaines de Sécurité fut un coup de tonnerre.

## VI

Le serviteur qui décousit le pourpoint de Monsieur Pascal pour savoir ce qui se cachait dedans extirpa un papier entouré d'un parchemin, juste à la place du cœur.

*

Le canal, les nuages, tous fuient vers le centre.

*

Quel est le Jean-Foutre qui a donné cet ordre ?
Mais vous ! Monsieur le Ministre.

Depuis trois décennies que durait la crise, la colère et l'exaspération avaient atteint un niveau tel que, redoutant à tout moment l'éclatement d'une guerre civile, on décida de détourner cette rage sur le vallon. Mais quand l'horreur de la nuit, l'ombre et l'éclat, le hurlement des ambulances, la résistance indignée, les visages frappés, les bousculades, les chants tus, un enfant mort piétiné : quand ces images apparurent sur la Toile, l'énormité de l'erreur commise apparut en plein.

*

On venait à Port-Royal, jusques aux temps où les nuages disparurent du ciel de l'Île-de-France, pour photographier les nuages : c'était la meilleure image des femmes qui s'y emplirent l'âme des souffles du ciel.

*

Étaient-ce les mains du serviteur qui tremblaient ?

*

Qui a lancé cet ordre ?

En réalité, nous ne le savons pas, Monsieur le Président. Il a été donné sans aucun doute. Mais nous n'arrivons pas à remonter à la source.

Que font vos équipes ?

Aucune trace, Monsieur le Président.

Rien ?

Rien.

*

L'aube du Samedi Saint se leva sur un désastre. Le vallon ravagé offrait un paysage de guerre, et même les nuages étaient piétinés.

*

Depuis trois décennies, on ne cessait d'anatomiser de plus en plus finement ce Mémorial, et ces leçons de dissection attiraient à la Sorbonne des étudiants de plus en plus nombreux, comme si de cette pulvérulence devait, à la fin, se torsader le fil qui, partant du centre et se tirant lui-même de sa propre substance, devait des mots de Monsieur Pascal figurer l'indicible sous forme d'un visage couronné d'épines parmi lesquelles celle qui toucha la nièce de Monsieur Pascal au visage défiguré, l'œil droit crevant plusieurs fois le jour d'un abcès d'épouvantable odeur qui obligeait l'enfant à s'éloigner de ses compagnes et à dormir seule dans une chambre, le pus coulant sans cesse sur sa joue et dans sa gorge qu'elle avalait croyant que c'était du sang, l'os du nez déjà à moitié pourri et l'odorat disparu - épine enchâssée dans un reliquaire qu'on fit toucher au terrible visage de l'enfant et qui fit qu'une heure après, ne sentant plus aucun mal, elle dit qu'elle se croyait guérie, et c'était vrai, et si parfaitement que qui ne l'aurait pas connue d'avant n'aurait pu deviner quel avait été l'œil malade.

*

Depuis quand va-t-on prier la nuit dehors avec des gosses ? Quel âge, dites-vous ?
Trois ans.
C'est la catastrophe.
Un CRS gravement blessé.
Oui.
Et des centaines de pétitions.
Qui demandent ?
Qui demandent justice.
Et le Vatican ?
Nous attendons. Nous espérons…

Vous espérez quoi ?
Qu'il réfléchisse très longtemps à ce qu'il va dire.

*

Le père de la petite fille enfin, qui venait d'Auvergne pour voir où en était son mal, ne pouvant se décider à ce qu'on lui applique la pointe de feu que réclamaient les médecins, sentit en chemin dans son carrosse un mouvement de joie si fort qu'il en fut surpris, et ne comprit que lorsqu'il vit le nouveau visage de sa fille que ç'avait été là comme les ondes propagées par la miraculeuse guérison qui étaient venues traverser son cœur.

*

Les lieux furent fermés et gardés jour et nuit. On patrouillait avec des chiens.

Que croient-ils ? Que nous allons nous lancer à l'assaut des grilles ?
Ces fanatiques que vous attirez depuis des années, oui, certainement. Madame, encore un coup, renoncez. La mort d'un enfant ne vous suffit donc pas ?

Voilà un argument qui vous honore, Monsieur. Mais laissons cela. Nos murs sont déjà en construction.

Voilà que vous devenez folle!

Sortez, Monsieur.

*

Cent marches descendent vers l'église à travers la colline. Dans le verger de Monsieur d'Andilly, le soleil d'automne se couche, comme apprivoisé.

Une légion céleste m'est apparue qui, de la même façon que nos gentils oiseaux, fusait d'en-haut vers notre vallon. Mais quand je regardai avec une plus grande attention, il m'apparut que chacun de ces visiteurs portait un lourd fardeau dans ses bras, qu'il déposait à terre avant de reprendre son vol, comme font les abeilles dans la ruche quand elles viennent y poser leur butin de pollen. Ce qui s'amoncelait sur l'herbe formait un monticule qui ne cessait de grandir, car les êtres coruscants n'étaient pas ménagers de leur peine et ne cessaient leurs voyages. Et quand j'y regardai de plus près encore, je vis clairement que ces pierres énormes qu'ils apportaient étaient des moellons d'outre-ciel.

*

L'indignation débordait toutes les digues. Pour la première fois, elle accepta de venir parler dans une émission télévisée. L'évêque qu'on avait placé en face d'elle étonna, déclarant hautement qu'il voyait dans cette affaire des signes aveuglants de la nécessité de refonder cette maison dans les lieux qui avaient été les siens pendant cinq siècles, et que des considérations politiques avaient éradiqués d'une manière inutilement cruelle. Il demanda que pour ces lieux, domaine patrimonial d'État, soit constitué un statut singulier qui permît à ces femmes d'y rebâtir l'abbaye et de reprendre en celle-ci leur vie de prière et d'adoration, précisant que, si tel était le cas, elles devraient comme tous ces lieux s'ouvrir aux visiteurs et hôtes du siècle. Quant au domaine lui-même, une vingtaine d'hectares, la communauté pourrait en avoir l'usufruit, afin d'assurer la pleine autonomie économique qui était la condition préalable à toute fondation. Il rappela enfin qu'une situation exceptionnelle comme était celle de ces femmes demandait une réaction exceptionnelle, que treize années d'actions de grâce attirant les foules et les convertissant avait aux yeux de Rome valeur suffisante pour ne pas ajouter de délais inutiles, et qu'enfin, à la rude question « France, qu'as-tu fait de ton baptême ? », Port-Royal des Champs relevé répondait.

*

Et malgré l'interdiction qui m'était faite de marcher en ces lieux, mes regards ne laissaient pas d'y revenir et de suivre ce grand remue-ménage venu des confins du ciel, et l'édifice de matériaux immatériels qui, invisible aux yeux de la chair, ne s'en imprimait que plus souterrainement dans ma mémoire, au point que, lorsqu'on commença de rebâtir, je n'avais qu'à arpenter cette abbaye de lumière pour indiquer où se trouvait telle ou telle partie, jusqu'à stupéfier les architectes qui ne comprenaient pas d'où me venait une telle connaissance des plans.

*

La lente collusion des temps en ce lieu faisait souche d'espaces.

*

N'allez cependant pas croire que nos désirs seront contents une fois relevés nos murs et nos toits : car c'est un bien qui n'est semblable à aucun des biens visibles qu'on peut posséder ici-bas et qui cessent d'être désirés parce qu'on en a déjà la jouissance, vers quoi nous tendons, trop heureuses si, comme un éclair, il se montrait dans le long désert de nos vies, ou plutôt comme le soleil dans la nuée, pour nous éclairer et nous guider de sa présence, non pour nous découvrir ce que notre vue ne saurait soutenir sans mourir.

*

On chercha le corps de l'enfant dans la terre labourée par la panique, et quand on l'eut trouvé, on plaignit les parents, car la vue de son visage écrasé était insoutenable.

*

C'est la fin de la laïcité !

N'en croyez rien. Elle en sortira renforcée, bien au contraire. César reprend ses billes et Dieu les siennes.

N'allez pas dire ça à la presse !

Pourtant c'est un bon titre !

Depuis quand le Vatican réagit-il si vite ? Qu'est-ce que c'est que cet engagement frontal ?

Je me suis laissé dire que la décision était déjà prise depuis longtemps.

Combien de temps ?

Plusieurs années.

Si j'étais tordu, je penserais que c'est d'eux qu'est venu l'ordre.

Oh, je ne crois pas. Il y a suffisamment de Marat dans ce pays pour qu'on laisse Rome tranquille.

*

Toutes circulaires, les images de Madeleine Horthemels concentrent en rondes parfaites les théories des moniales de Port-Royal : cercle au réfectoire, cercle au chapitre, cercle dans la chambre d'une sœur à l'agonie, cercle autour de sa tombe, cercle dans le petit lieu de la Solitude, sur la rive sud du Rhodon dont les flots, naïvement tracés, rehaussent comme dans un reliquaire cette ronde de vingt femmes assises sous la croix vers laquelle, de droite et de gauche, montent des degrés de la même facture que les cent marches. Ces Messieurs descendaient vers l'abbaye, et ces grandes femmes s'asseyaient en cercle sous la croix.

*

Il faut démolir l'oratoire.

Y pensez-vous ?

J'y pense d'autant plus qu'il a déjà été reconstruit. Nous n'allons pas sacraliser ce qui n'était là que pour indiquer l'emplacement du chœur, nous rebâtissons le chœur !

Les Monuments Historiques acceptent-ils ?

Nous sommes en discussion.

Favorable ?

Favorable.

*

Le mouvement de la vie reprenait ses droits, et même, des poètes inattendus surgissaient sur les sites de Port-Royal, qui lançaient des textes dans le grand océan de la Toile comme on lançait autrefois, à la grâce de Dieu, des vaisseaux dont on ne pouvait jamais être sûr qu'ils toucheraient au port – et qui sait si le destin de ces lieux eût été aussi tragique si, d'un trou plein de broussailles où pourrissent des marécages appelé Porrois, un jeu de mot n'avait transformé de vulgaires marais en océan glorieux, ancrant en pleine campagne un étrange *Port-Royal* ?

Il allait falloir s'arracher à la complaisante poésie des ruines, à la fascination de la poussière ;

arracher Port-Royal à l'horreur du musée. Nous sommes vivantes, c'était la réponse à tous ceux qui déploraient déjà la disparition du champ de ruines. On proposa de donner au chœur la forme d'une proue de vaisseau : les discussions furent houleuses. Les idées les plus justes vinrent d'un architecte de Tokyo. La mathématique de Monsieur Pascal trouvait là une résurgence naturelle.

Mais pourquoi tout ce souci ? disait-elle. Bâtissons solidement, voilà tout.

Vous ne voulez tout de même pas qu'on vous construise une caserne ?

Mais bien sûr que si !

*

Patrimoine : muséification de Patrie.

*

Certains donateurs protestent, Madame.

Qu'ils protestent ! Qu'on leur rende l'argent. Qu'ils le donnent à Versailles, si c'est pour arborer la médaille du mécène. Que veulent-ils ? Qu'on cloue une plaque de remerciements à la porterie ? Rendez, rendez ! Dieu pourvoira. Je ne veux pas un décor du passé, je veux une bâtisse qui ne prenne pas l'eau, qui résiste aux canicules, aux ouragans, aux sécheresses, aux crevasses de la terre, un bâtiment armé pour le futur.

*

Quand le vallon devint un chantier, on vint de toutes les régions de France voir manœuvrer les engins de terrassement. Les restes du prince de Conti quittèrent la crypte de l'oratoire pour rejoindre, à Saint-Denis, l'amas de poussière royale récupérée dans les fosses de la Terreur. On détruisit l'oratoire.

Vus d'en-haut, les travaux de l'abbaye ressemblaient à un naufrage échoué en pleine terre. Des oiseaux blancs de grande envergure et de vol planant vinrent le coloniser.

*

# VII

Dans le second versant du siècle, le déséquilibre climatique eut une conséquence à laquelle personne n'avait pensé : on perdit les beaux nuages légers de l'Ile-de-France, si particuliers, si disparates, si capricieux, si élégants. Leur disparition attrista plus qu'on ne saurait dire. Le ciel vide et trop bleu accablait, il en tombait des pluies diluviennes qui frappaient les imaginations au point de croire que la planète basculait.

*

Le scapulaire blanc armé d'une croix de sang sortit des tableaux avec tant de naturel qu'on se demanda comment on avait pu croire qu'il y resterait incarcéré. Il marchait par petits groupes serrés, traversant d'un pas tranquille les nouvelles allées, ou seul courant vers le réfectoire, ou les bras chargés de linge dans le printemps venteux. Les vols d'oiseaux retrouvaient leur mémoire. Du haut du Musée des Granges, les amis de ces lieux se demandaient encore comment, pendant trois siècles, on n'avait pas vu ces bâtiments d'alignement sévère, ces toits d'ardoise grise, cette église au clocher de métal, tout cela qui éclatait maintenant aux yeux, et pourquoi, dans l'appel du vent dans les feuillages, on n'avait pas entendu celui des Heures.

*

Rien de plus terrible que l'expression *masque mortuaire* – rien de plus vrai. Refusant toute sa vie que l'on fît un portrait de son apparence charnelle, le seul portrait de lui qu'à son âme défendant nous a laissé Monsieur Pascal repose, objet, dans une vitrine. On jeta, comme l'on disait alors, en plâtre son visage. Cette face fermée sur un secret éternel retient souvent quelques instants les visiteurs du musée.

C'est d'après ce masque qu'un peintre exécuta le premier portrait, duquel s'inspirèrent tous les autres. Le premier geste après la mort est de glisser la main sur les paupières pour les refermer : le peintre demanda à son modèle de les relever, mais nous ne saurons jamais quel était le vrai regard de Monsieur Pascal.

*

On vit, le jour de la consécration de l'abbaye et de sa refondation sous le vocable et patronage de la Vierge Marie, Reine du Ciel et de la Terre, la présence inattendue d'officiels et du Ministre de l'Intérieur.

Combien de temps, Monseigneur, faudra-t-il supporter tout cela ? Mesurez le comique, ils viennent nous photographier !

Prenez patience, ma Mère. L'effet de mode passera, comme aux Bernardins.

*

Laissant aux bâtiments des Petites-Écoles, où le visiteur se heurte à l'ombre de Racine, et au logis des Solitaires, où il se heurte à celle de Pascal, leur rôle de musée, on restructura les espaces intérieurs des anciennes granges à avoine, à blé, à foin, des étables, écuries, bergeries, laiterie, volière, des pressoirs, de la foulerie, du poulailler, de la grande remise pour les charrettes, en maison des hôtes.

Comme autrefois nos Messieurs, ils descendent dans la fin du jour pour aller à Complies.

*

Les charrettes cahotaient qui transportaient les restes et les paysans, frappés de l'indignité réservée à ces saintes femmes et se hâtant d'enterrer au bord du chemin les choses sans nom qui tombaient, firent du vallon tout entier un reliquaire.

Le cloître nouveau serait, à elles aussi, leur cimetière.

*

La descente dans le soir vers l'abbaye tient du vertige. Dans les enfoncements du ciel tendus de crevés écarlates se jouent d'immenses scènes :

Le manteau, la couronne, la nuit de brocart et velours, l'humanité étagée à gauche et à droite comme dans les théâtres du grand siècle les spectateurs de haut rang, toute une cité céleste en suspension et, montant des stalles, un Salve Regina d'une joie ! que le monde ne peut ni donner, ni ôter.

*

*Ces oraisons achevées, on passera par la grille le scapulaire de la procession que le célébrant bénira en disant :*

*Seigneur, soyez favorable à nos prières, et bénissez et sanctifiez ces vêtements que votre servante demande pour lui être un signe de la perpétuelle servitude qu'elle vous promet, afin qu'en étant revêtue extérieurement, elle soit ornée intérieurement d'un vêtement plus précieux, et que puisque vous avez voulu qu'elle portât cet habit sacré, vous lui accordiez aussi d'être quelque jour revêtue de l'heureuse immortalité.*

*

Des tempêtes inconnues sous nos climats effondrent dans l'océan des morceaux entiers de falaises et de rochers, et les oiseaux de mer remontent à l'intérieur des terres.

*

*Le scapulaire étant béni, on le passera par la grille au dedans, et pendant que la Mère le mettra à la fille le célébrant dira :*

*Recevez avec joie et portez le joug de la servitude de Jésus-Christ, qui a porté nos maladies et nos douleurs s'étant rendu obéissant jusqu'à la mort et à la mort de la Croix.*

*

On appelait *Soleils* les ostensoirs baroques.

*

*Ce qu'étant fait, on passera le voile, et le célébrant fera la bénédiction disant l'oraison suivante :*

*Seigneur Jésus, Dieu caché, qui avez voulu que votre gloire fût couverte sous le voile d'une chair infirme, et sous les humbles signes de cet adorable sacrement, et qui avez souffert dans le temps de votre vie mortelle que votre visage adorable fût couvert d'un voile par des gens qui vous outrageaient, versez une bénédiction abondante sur ce voile, afin que votre servante qui désire s'en couvrir pour se consacrer à vous, devenant invisible à toutes les créatures, et n'étant visible qu'à vous seul, mérite d'être cachée en Dieu, avec vous qui étant Dieu vivez et régnez dans tous les siècles des siècles.*

*

*Puis le célébrant ayant aspergé et encensé le voile, on le repassera par la grille, et pendant que la Mère le mettra à la fille, le célébrant dira :*

*Recevez ce sacré voile pour le porter sans tache jusqu'au trône de Notre Seigneur Jésus-Christ à qui tout genou fléchit dans le ciel, dans la terre et dans les enfers.*

Vous, enfermées vives dans la grâce ; vous, clair bataillon, qui faites éclaircie dans les ténèbres de ce temps ; vous, courageuse légion aux clairs visages, qui avez relevé ces lieux ; vous, dames d'un siècle accouché d'un siècle d'enfer : portez-nous dans vos prières, et attirez sur l'Histoire, qui nous remplit d'amertume et d'effroi, l'infinie miséricorde de notre Dieu.

*

# Annexe

# Matériaux de reconstruction de Port-Royal des Champs

## Constitutions

Parues en 1665, mais élaborées durant plus de quatre décennies par les Mères Angélique et Agnès, les *Constitutions du monastère de Port-Royal du Saint-Sacrement* répondent au souci de la réformatrice de mettre par écrit les règles qui régissent la vie de la communauté.

De la vénération du Saint-Sacrement, « perpétuellement suspendu sur l'autel, [...] hostie suspendue en la croix et sanctifiée entre le ciel et la terre », à la manière de véritablement « manger Jésus-Christ » ; de l'esprit de rigueur et de charité attendu de la Mère abbesse à la forme des habits et de la coiffure des moniales ; de l'instruction des petites filles aux visites au parloir ; de l'oraison, « retirées en leur cellule [comme dans] un oratoire ou un temple », au travail des mains ou à la lecture par laquelle « elles tâchent de remplir le trésor de leur mémoire de la parole de Dieu, qui est plus désirable que l'or et les pierres précieuses » : tout y propose le modèle d'une vie voilée en Dieu. Les dernières pages du présent ouvrage reprennent en italiques des fragments du chapitre sur *La manière de recevoir les filles à la profession.*

## Formulaire

L'année de parution des *Constitutions*, 1665, est celle-là même où les moniales refusent de signer le fameux « formulaire ». De quoi s'agit-il ?

Quinze ans plus tôt, en 1640, était sorti des presses de Louvain un ouvrage, l'*Augustinus*, dans lequel le célèbre professeur Corneille Jansen proposait une synthèse de la théologie de la grâce telle que l'avait présentée, dans les temps troublés du v^e^ siècle, le « Docteur de la Grâce », saint Augustin. Il s'agissait, pour celui que presque toute l'Église catholique allait considérer pendant mille ans comme le plus grand des Pères, de présenter l'action de la grâce divine comme un charme qui enivre l'âme humaine, mais aussi d'affirmer que cette grâce qui oriente vers l'Éternel n'est pas donnée à tous les hommes. Or, dès 1588, un jésuite espagnol, du nom de Molina, avait soutenu, dans son *Accord du libre arbitre avec les dons de la grâce*, que c'est à tous les hommes que Dieu propose une grâce suffisante.

De cela s'ensuivit une immense querelle sur la grâce qui allait toucher de plein fouet Port-Royal.

Condamné par le Saint-Siège, l'*Augustinus* fut en effet âprement défendu par tous ceux qui pensaient, sans doute à juste titre, que l'ouvrage était fidèle à la doctrine de saint Augustin, et que condamner Jansénius revenait, sans le dire, à condamner saint Augustin. Mais il était difficile, pour les instances romaines confrontées aux réformateurs qui insistaient sur la corruption de l'homme et niaient le libre arbitre – dans la droite ligne d'Augustin ! – de ne pas insister en retour sur le libre arbitre humain et le dessein divin de salut pour tous. Ce que fit Molina. Ainsi, face aux positions protestantes, l'Église catholique réagit-elle au point de s'éloigner d'Augustin.

Ce formulaire qu'on demanda aux moniales de signer pointait donc, dans l'*Augustinus*, cinq propositions dites « condamnables » par l'Église, alors qu'en réalité, elles étaient bien augustiniennes. D'où la résistance de ces grandes femmes devant l'hypocrisie d'instances pontificales qui, n'osant condamner ouvertement certaines thèses de Saint Augustin, prenaient Jansénius pour bouc émissaire.

## Gravures

En janvier 1710, un arrêt du Conseil d'État autorise la démolition de l'abbaye des champs. Louis XIV la veut totale, « jusqu'au vif des fondations ». Alors commencent à circuler six petites estampes signées Madeleine Horthemels, suivies après le mois de mai de six autres.

Cette suite gravée, représentant des vues extérieures et intérieures de l'abbaye, ne se contente pas des traditionnelles vues d'architecture : les lieux sont habités. On y voit vivre les moniales, obéissantes à leur règle, repentantes prosternées devant l'Abbesse, adonnées à la charité, pansant les malades, distribuant les aumônes, conversant en cercle, mourant de mort pieuse. Leurs silhouettes identiques, un peu hiératiques dans la première série, s'animent et prennent vie dans la suivante. Port-Royal des Champs n'est pas encore détruit que déjà, par-dessus les effroyables exhumations, expulsions, explosions des murs à la poudre, enfouissement des derniers décombres, une jeune buriniste le reconstruit et le peuple d'hirondelles.

Cette suite en inspirera d'autres, dont des gouaches colorées sur parchemin qui laisseront dans nos mémoires des images riantes du vallon.

## Imposture

La liberté de l'écrivain m'a conduite à mêler l'imposture des cinq propositions et l'imposture actuelle qui consiste à parler, dans une perspective de dialogue interreligieux, des trois religions du Livre. On entend des « catholiques » dire que Jésus n'est qu'un prophète : c'est ce que pensent le Judaïsme et l'Islam. Mais Jésus-Christ « de même nature que le Père » est, pour un chrétien, Dieu et Homme tout à la fois.

## Mémorial

C'est après la mort de Pascal que l'on découvre, cousues dans la doublure de son pourpoint suivant une habitude pieuse de son siècle, deux feuilles écrites de sa main. Un texte sur papier, composé pendant la nuit du 23 novembre 1654, et sa recopie sur parchemin, sans doute postérieure de quelques jours, où apparaissent de très légères variantes, et dans laquelle est mis en majuscules le mot FEU.

Ce Mémorial, une des plus émouvantes reliques qui nous soit parvenue d'un cœur du XVII^e^ siècle, a disparu des manuels scolaires depuis quarante ans. Dans le *Lagarde et Michard,* en revanche, on en trouvait la reproduction autographe et la transcription accompagnée de cet exercice : « Étudier le mysticisme de Pascal d'après le Mystère de Jésus et le Mémorial qu'il gardait dans sa doublure, après la nuit d'extase où il trouva la « certitude ».

## Philippe de Champaigne

Flamand installé à Paris vers 1620, Philippe de Champaigne participe, dans l'élan de la Contre-Réforme, à donner ses contours à l'art français. Protégé de Richelieu, puis de la régente Anne d'Autriche, il reçoit de prestigieuses commandes. Au cours des années 1640 cependant, années de douleur où il perd femme et fils, il entre en contact avec les Messieurs de Port-Royal qui lui demandent le portrait posthume de l'abbé de Saint-Cyran, gisant redressé dans un surplis de pierre et de dentelle. En 1648, il confie aux religieuses de la vallée l'éducation de ses deux filles. Il fera plusieurs portraits de la Mère Angélique, et deux Cènes, dont l'une ornait le maître autel de l'église de Port-Royal de Paris, et l'autre celui de Port-Royal des Champs.

## Pourpoint

Maigres et pâles, les mains qui s'activent à la lueur d'une flamme, dans la nuit ou la pénombre d'un soir, sur l'étoffe d'un pourpoint, et le profil penché sur ce travail d'aiguille, ne sont pas ceux d'une femme, mais d'un homme. Il coud. L'aiguille perce l'habit avec difficulté, cet habit que nous appellerions veste, mais fait de laine ou de coton piqué entre deux étoffes. La couleur en est sombre. Paupières bombées, pommettes saillantes, joues creuses, promontoire osseux du long nez retombant très bas, menton fuyant sous la lèvre charnue, front infini : voici Blaise Pascal affairé, dans l'ombre de sa chambre, non point à transpercer d'un trou les papiers classés de son apologie pour les réunir ensuite par une ficelle en liasses portant chacune un titre, mais à recoudre son pourpoint après avoir caché dans la doublure le papier et le parchemin du

Mémorial, toujours replacé, de saison en saison et de pourpoint en pourpoint, contre son cœur.

Cette main tirant l'aiguille et piquant est la même qui a d'abord, dans l'enthousiasme de la Nuit de Feu, jeté sur un papier les lignes inoubliables : la même qui, quelques jours après, les a recopiées sur parchemin. Cette main désormais est celle d'un graveur, l'aiguille, la pointe du burin. De pourpoint en pourpoint, le Mémorial s'imprime plus profond dans le cœur et avec lui, la Sainte Face.

## Sainte Face

Une gravure inouïe de Claude Mellan représente le visage du Christ couronné d'épines tel qu'on l'imaginait imprimé sur le linge présenté à lui, pendant sa montée au Calvaire, par une femme appelée Bérénice, pour qu'il essuie son visage baigné de sueur, de sang et de crachats. L'inouï consiste en ce que cette gravure soit constituée d'un seul et unique trait de burin, en spirale, partant de la pointe du nez et allant jusqu'à comprendre, aux confins de l'image, le nom du graveur, la date, 1649, et l'inscription : *Formata unicus una ; non alter.* Un seul a formé l'unique, nul autre. Ce défi ne sera jamais relevé, nul autre graveur, pas même Mellan, ne renouvellera l'exploit.

Ce visage tiré d'un fil unique m'a semblé, en filigrane, sourdre sous le voile du Mémorial, et s'enrouler autour du visage de l'enfant au terrible visage.

## Vif fond

« On dit bâtir sur un vif fond quand on bâtit sur un fondement solide et ferme, dont les terres n'ont point été remuées ».

Cette définition du dictionnaire de Furetière, disparue des dictionnaires d'aujourd'hui, éclaire la volonté de Louis XIV ordonnant qu'on détruise Port-Royal jusqu'au « vif fond ». Il s'agit de creuser jusqu'à la terre que l'homme n'a jamais touchée, d'atteindre la couche originelle. C'est exactement ce que feront les excavateurs de 1793 fouissant le sol de Saint-Denis pour en extirper la dernière trace de poussière royale.

Achevé d'imprimer le 13 janvier 2015
sur les presses de
*La Manufacture - Imprimeur* – 52200 Langres
Tél. : (33) 325 845 892

N° imprimeur : 141081 - Dépôt légal : janvier 2015
*Imprimé en France*

Cet ouvrage a été composé
par Atlant'Communication
au Bernard (85560 – Vendée).